권녕하 劇詩集
살다 살다 힘들면

국립중앙도서관 출판예정도서목록(CIP)

살다 살다 힘들면 : 권녕하 劇詩集 / 지은이 : 권녕하. -- 서울 : 한
누리미디어, 2017
   p. ;   cm

ISBN 978-89-7969-741-4 03810 : ₩10000

한국 현대시 [韓國現代詩]

811.7-KDC6
895.715-DDC23   CIP2017010487

권녕하
극시집 劇詩集

살다 살다 힘들면

한누리미디어

말이라도 하고 살자

정제되고 압운된 시만 시인가. 읽기도 외우기도 힘든 현학적 문자 조합이 시의 본질이란 말인가. 산문散文으로 선전선동 도구가 된 문장이 시란 말인가. 이렇게 생경하고 동떨어진 느낌 때문에 암송하기도 힘든 시를 과연 어디다 쓸 것인가.

극시劇詩는 '5분 단막극'을 염두에 두고 쓴 시다. 무대에서 또는 모임에서 낭송을 하거나 낭독을 하는 상황을 상정하고 썼다. 시의 본성은 운문韻文에, 말이나 노래를 통해 의미를 공감하고 공명할 때 더욱 증폭되기 때문이다.

극시는 구어체口語體를 소중하게 여기는 '소리글 중심의 시'다. 대화체가 많다. 그래서 방언으로 규정된 사투리, 토속적 언어도 정겹게 수용한다.

8

극시는 행간마다 '생각의 여백'을 두었다. 시낭송자가 애드립이 가능하도록 구성했다. 여러 사람이 둘러앉아 공연하듯 등장인물로 참여하는 연출이 가능하게 썼다.

극시는 '시의 원형질'이다.

일상생활에서 건져낸 상황을 거침없이 재현했다. 때로는 난삽하게 토로하기도 했다. 삭막하기만 한 세상을 살아가면서, 말은 하고 살아야 할 것 아니겠는가. 조금쯤은 에로틱한 극시를 읽고 생각해 보면서, 일탈하듯 처한 상황과 무대를 상상해 보면서 잠시 웃을 수 있다면 극시의 목적은 달성됐다고 본다.

극시집 《살다 살다 힘들면》을 엮은 용기는 김재엽 한누리 미디어 대표와 이수화 문학평론가의 격려에 있다.

기대에 부응하기를 소원하면서….

구름산 기슭에서 저동苧童 권 녕 하 씀

9

차례 Contents

자서/ 말이라도 하고 살자 · 8

제 **1** 부   놀고 있네, 지구에서

제2부 니네 아빠 시인 맞아?

차례 Contents

제 **3** 부   베옷 입고 날아가기

| 권녕하 劇詩集

제 4 부 속 시원해서 미안해

13

차례 Contents

작품해설/ 권녕하 극시 텍스트 고 · 이수화 ···

제5부 찝찔하거나 짭짤하거나

권녕하 劇詩集

제1부
놀고 있네, 지구에서

살다 살다 힘들면

개꿈

그리
크지도 않은 젖망울이
포도처럼 맺혔구나

목마름에
한 움큼 쥐어 본
탱글함!

하기야
품속 엄마 젖만이야
하랴마는

알알이 망울진
풍만한 포도넝쿨 아래
한낮
개꿈.

가끔은 생각지도 못한 누군가가 나타나

가끔은
생각지도 못한 누군가가 나타나
미래를 꿈꾸며 삶을 풍요롭게 가꾸어
해맑은 어린이의 미소를 아침저녁으로 마주치게 하고
밝은 거리에서 건강한 여성들이 행복해 하는
그런 세상에서 살게 해 준다면
그런 세상에서 살아갈 한 사람으로서
그런 세상을 만들어 준 그 사람이
조금쯤은 괴팍하다 해도
괜찮다!

돈 버는 일에는 둔탱이고
돈 쓰는 일에나 이골이 나서, 허구한 날
꼭 저 같은 사람들이나 불러내
남들 다 일하는 대낮부터 막걸리 타령이나 한다 해도
그런 세상을 만들어 준 그 사람이
대다수 사람처럼, 상식적으로
그렇게 살 수는 없겠다
그렇게 살 리가 없다
좋다!

그런 사람을 사람들이
세상 틀 속에 가둬놓고
범인凡人처럼 살게 해서는 아니 된다
그들이 이해 못한다 해도 할 수 없다
그들에게 설명해 줘도 소용없다
그 사람은 그런 일이나 겨우 할 줄 아는
잘 섞이지 못하는 좀 특이한 존재인데
지나고 나서 다시 보면
그 사람 한 말이 결국은 잘
맞다!

옳다!
가끔은
생각지도 못한 누군가가
이 세상에 나타나.

개안開眼

젊어서는
시간이 왜 이리 더디 가는지
잠깐 틈만 나도 뭔 일이라도 하며 때웠는데
길고 긴 한평생 동안
해낸 일도 많았는데

나이 먹으니 웬 시간이
어 이리 빨리 가나!
하다 만 일, 못 다 한 일
한 일마다 전부 후회나 되고

활개 치던 이 세상
참 낯설게 보이던
어느 날
가 본 적도 없는 저승길이
훤히 보이네.

20

곰 인형

사람만한 인형에
태엽을 감았다
손발이 움찔움찔
큰 눈은 떴다 감았다
팔다리는 끄떡꺼떡

가만 좀 있어봐!
이 이가?
왜 이래!
간지럽잖아?

이내
다소곳해지는
곰.

갯벌

내 속이 썩어가는데
썩는 냄새 나는 것 맞다!
난, 더럽고 지저분한 갯벌이다!
오만잡것들이
뱉고 싸고 내다버린 오물이, 몽땅
내 뱃속으로 들어와 썩는데
내 몸에서 향기 날 리가 없다!

난, 갯벌 얘기하면서
사랑이니 인생이니 예술이니 하는 말
한 적 없다!
습지 보전이니 환경보호니 생태니 하는
말도 한 적 없다. 더구나
날 지켜달라고
부탁한 적도 없다!
날 두고, 정화니 자정이니 하는 말은
네 맘대로 네가 알아서 하거나 말거나지
난, 해달란 적도 없다!
날이면 날마다 썩어가는 내 뱃속
스스로 달래가며
죽자 사자 살아남으려고

22

소금물만 삼키는 게 나다!

이제, 뻘 흙 한 입 가득 물고
아침 저녁 물 때마다
몸부림 칠 준비나 할 때다
개똥같은 세상, 더러운 세상, 좀스런 세상에서
끝까지 살아남으려면.

고향관광

다리 밑에서 주워왔다!
영도다리 끄떡꺼떡할 때
피난살이 모진 고생 무에 그리 재밌는지
고향 말만 나오면 온 식구가 깔깔댄다
태어난 곳이
전쟁고아 우글대던 다리 밑이란다
골려주는 게 분명한데도 믿기지 않아
자꾸 또 물으면
온 식구가 박장대소다

해방되고, 38선 수차 넘을 때마다
로스케 트로이카 피해 숨던 일
빨갱이 폭동 끝에 결국 6.25동란
1.4후퇴, 초량, 개금, 부산 포로수용소, 하꼬방촌, 구포역
대물림하던 스토리도 이젠
남의 일 같다

친구 봤어?
친구2도 봤어
국제시장 봤어?
두 번 봤다

| 권녕하 劇詩集

그럼, 얼른 퍼떡
보수동 헌책방 골목 들쑤시고
동래 파전에 금정산 막걸리 잔술 한잔
척 걸친 다음 물 구경 감세
자갈치 빙빙 끼룩거리는
부산갈매기처럼.

과거 도둑

흙발자국 또렷하게 찍고
창틀 따고 들어와
훔쳐간 것이 겨우
사진 몇 장!

장롱 열어젖히고
옷장 어질러놓고
케케묵은 앨범 뒤적여
거칠게 뜯어간 흔적

그런데!
보기 싫었던 사진만
골라 훔쳐간
과거 도둑, 시간 도둑!

또 오기만 해봐라!
현관으로 들어와라!
몹쓸 과거 다 뜯어내!
한 보따리 싸 줄 테니!

그리고

명함 한 장 놓고 가시죠?
고맙게도
커피 한 잔 하고 가시죠?
또 부탁 좀 하게.

관세음보살

발 내려놔요!
등산화 발바닥이 꽤 지저분했나 보다
머리에 화관花冠 요란하게 쓴
웬 여자가
지그시 내려다본다

어서! 일어나요!
자애스러운 얼굴에 단호한 음성!
은은한 훈향
풍만한 가슴
잘록한 허리
소 젖 색깔의 투명한 실크
휘~ 두른 하복부!

이건!
모나리자와 양귀비와
마릴린 몬로와 마돈나,
펄s벽과 제니퍼 존스
선덕여왕과 육영수 여사를 합쳐놓은 여성상! 바로
절세미인絶世美人이다

28

야밤에!
턱하니 차를 밀고 들어와
담배 한 가치 빨다 마당 구석에다 오줌도 싸고
대시보드에 흙발 올려놓은 채
모자 푹 덮고 자고 있으니, 꼭
부랑자로 보였을지도 모른다

보안관 책상 위에 웨스턴 부츠 흙발
철커덩 올려놓고 건방떠는 무법자처럼
가당찮게 보였을지도 모른다

말보로 담배연기 파랗게 뿜으며
의리의 사나이를 과시하는
존 웨인으로 봤는지도 모른다

에구! 죄송합니다
출장길, 숙박비 아까워
주차 편한 곳 찾아 내, 잠깐 잠든 것뿐인데 하필!
절집 마당이었다. 등명낙가사燈明洛伽寺!

그런데

그녀가 갑자기 사라졌다!
두리번두리번 사방을 찾아도 없다
황홀한 체향體香 풀풀 날리던
절세미녀가 눈앞에서 방금
사라져 버린 것이다

귀신 곡할 노릇!
아, 머리 아파!
이 새벽
잠은 깨워 놓고
천리만리 서역西域으로
뒤쫓게 해놓고.

권주가

언제까지 이렇게
어깨춤을 추게 할 거야!

좌左로 한 잔, 우右로 한 잔
추出우 추, 위偉이 위

네놈 한 잔, 네년 한 잔
에라이~ 나도 한 잔.

금강산도 식후경

맛있는 사탕
딱 한 개 아껴뒀다가
찐득찐득 땀나던 한여름 날
날은 길고
해나 떨어지면 먹겠다고
참았는데 이런!
그 새 녹아
껍질에 들러붙었네

에고 먹기는 다 틀렸다!
아껴봤자 소용없다
잘 둬봤자 남의 거다
먼저 먹고 볼 일이다
무작대기 같은 그 말 별로였는데

금강산도 식후경이라고
고상한 척, 어쩔 수 없는 척
몰래 살짝 먹기는
다 틀렸다.

32

길 道

올라갈 때
입장료 달래더니
내려올 땐
합장하네.

살다 살다 힘들면

꼴값하네

하는 짓거리하고는
개차반을 해 가지고
입만 열면 남 흉이나 보고
틈만 나면 험담하고
이리저리 수다 떠느라 핸드폰 요금 꽤 나가겠다

한 세상 살면서
불 꺼진 방
나이 먹어 할 일도 많이
적어졌을 텐데
어둠이 오면 돌아앉아
거울부터 먼저 볼 일이다

산은 산대로
물은 물대로
구름은 구름대로
바람은 바람대로

비가 오나 눈이 오나
짐승은 짐승처럼
사람은 사람처럼

| 권녕하 劇詩集

생긴 대로 그렇게
살 일이다

그리하여
네 가슴에 손 얹을 틈이라도
그나마 있다면
그동안 살면서
꼴값은 하고 살았는지
꼴값도 못하고 살았는지
어거지나 부리고
어영부영 살았는지
그도 저도 안하면서 여태
꼴값이나 떨고 있었는지

민주주의? 좋아하네
복지정책? 헛물켜네
효도? 같은 소리하네

자유롭게 잘 살아봐
피 땀 흘려 물려줬더니
네 멋대로 공짜 전철은

잘 타고 다니면서 그저
여전히 남 욕이나 하고 지새는지
대놓고 한 번 물어 볼 일이다.

놀고 있네, 지구에서

내 몸 갖고 장난 그만 쳐
내 몸 갖고 그만 놀아
말 한마디 안 한다고 벙어린 줄 아나본데
좋은 말로 타이를 때 정신 차려

날 사랑한다는 말 하지 마
날 위해준다는 말도 하지 마
그런 말 들을 때마다 욕지기가 나

너나 잘 살다가 죽어
썩어버릴 육신
못된 짓만 하다 죽었어도
그때는 받아줄게

마지막으로 해 준 말이야
더 이상 바라지 마
이게 끝이야.

나, 배 아파!

나, 배 아파!
모성母性어린 손길에
찬란한 슬픔
감겨드는 손 끝 따라
자지러지는 쾌감
혼란스럽기는 그대와 나
꿈결이라도, 긴장된 힘줄
다가설 때마다
흘기던 눈빛

밀려드는 벅찬 물결
턱 끝까지 기꺼워 하기는
그대 그리고 나, 그리고
물 빠진 갯벌 가득―
굽이진 미로迷路마다
물먹는 소리

그대여!
설워하지 말아요
땅 끝에서부터 펼쳐지는
파라다이스

돌밭 풀밭 밟고 넘어
말 달리는 그대여!
철쭉꽃 핏빛 속살처럼
붉게 물드는 얼굴
곤고한 자유自由여!
영혼의 귀족이여!
나, 배 또 아파!

나 찾는 거 맞지?

애는 도통 말을 안 들어
내 하자는 대로 하는 게 당연한데도
도대체 말을 안 들어
몇날 며칠 날 잡아서
다짐해도 다
소용이 없어

누가 주인인지 헷갈려
손 발 다리 허리 머리까지
다 척척 말을 듣는데 도대체 애는
제멋대로야
좌우도 없고 낮도 밤도 없어
그런 애가
종족은 귀신처럼 가려내
그리고 냉정해 참
기가 막혀서

난 그저
애하고 같이 산다는 것밖엔
아는 게 별로 없어
살면 살수록 꼭 남 같다니까

40

잘 있지?
그래~, 나 찾는 거 맞지?
네 거 보관료保管料나 내놔!

제 **2** 부

니네 아빠 시인 맞아?

살다 살다 힘들면

단상 短想

지금 그쪽으로 가고 있어요!
나가면서 들른다고 하세요!

그녀가 나를 찾은 날이다
좋은 일이에요. 어서 오세요.

며칠 전 메시지에서
정상을 향한 도전정신은 아름다운 것
이라기에
정상을 경험해 보셨나요?
라고 답장을 보냈다

그 말의 어감이 잘못 전달됐나 보다
키득거리는 소리가 여울진다.

눈 꽃 비 바람 그리고 기억

거기 비 와?
눈 와
추워?
아니~ 봄날이야

찔끔 비 끝 바람결
너울지는 심열
자지러지는 눈동자
첫 눈 날리듯
여윈
기억

눈 온다고?
비 와
꽃 비
눈처럼

잔상에 잡혀
휘감기는 꽃, 바람
쉬고 싶어
깨문 입술

적시는 눈, 비
오늘
스산한 기억.

늦둥이 둘

20세기 국제정세 대변혁기에
늙은 조선의 아낙네 몸 빌어
늦둥이로 태어나
순식간에 순간적으로 두 토막이 났으니
남한은 민주주의 배냇저고리 얻어 입고
북한은 공산주의 외투 걸쳐 입었지만
본래, 한 몸이라!

무작대기 서양 군의관軍醫官과
엉터리 로스케가 한 수술
이걸 수술이라고 했냐? 머저리 같으니!
불구나 만들지 말지!

차라리 남이라면, 이제 와서
중매결혼이라도 했지
게이도 레즈비언도 남들끼리나 하는 거지
식구끼리 어떡하란 말이야!
동성동본에 반 토막 난 늦둥이 둘이
해만 지면 저 잘났다고 싸움질에
날만 새면 싸움판 키운다

난 절대 안 그랬다고?
잘~ 났다! 너 혼자 아주 착하다
차라리 네가 형 해라! 그래라!
이제부턴 술값도 네가 다 내라! 그래라!
조상 제사도 네가 다 책임지고
가족 자손 건사도 다 네가 책임져라! 그래라!

못된 놈 같으니!
본래 한 몸이라고 번번이 참았더니 총질까지 해?
에라이~ 망종에 후레자식 같으니!
네 엄마가 내 엄마 맞니?
늙어서 함 보자!
이 놈 시키!

니네 아빠 시인 맞아?

이마빡에 붉은 띠 매고
머리는 빡빡 깎고 밀고
복면하고 목 쉬고
물대포 맞아 나자빠지고
촛농에 손등 데고
신사화 한 번 못 신어보고
아스팔트 내달리던 한 시절

번듯한 직장 한 번
못 다닌 주제에
여자는 만나
바늘에 실 가듯 몰고 끌고 다니다
생산적 활동 한두 번에 덜컥 애만 생겨
결국은 때 돼서 학교 보냈더니
이 애가 글쎄 두 눈 동그랗게 뜨고
어느 날
아빠 시인이야?

좌충우돌 한평생
머저리 상병신들
차라리 꾼처럼이나 했으면

50

억억 하는 썩은 돈이라도 만졌지
세상 사회 역사 미래 문화 예술 아우른다는
니네 아빠 시인 맞아?

닭

새벽 수탉은
꼭이요!

한낮 장닭은
꼭껴요!

야밤 암탉은
꼭빼요!

당신은 누구시길래

온몸이 말라 비틀려
허리 부러질 것 같은 통증을 참고
몸 더 마르기 전에
남은 힘 모아
죽어도 온전히 죽으려고
온몸 쭈욱 펴고
한껏 숨 들이쉰 다음
입을 쫘악 벌리고
손 발가락 끝까지 힘준 그 순간
숨을 뚝 멈춘다
그리고 죽어버리자

이젠
썩던지 얼던지 찢던지 굽던지 삶던지
사흘에 한 번씩 두들겨 패던지
제사상에 올려놓고 절을 하던지
당신 맘대로 하세요.

도로아미타불

강탈할 땐 의기양양
좋은 것은 알아가지고
훔쳐가서 제 것인 양
신당神堂에다 턱 모셔놨는데
날이 가면 갈수록
철이 들면 들수록
자꾸만 얼굴이 뜨거워져
신사神社 깊숙이 숨겨놓았다가 덜컥!
어느 날
국보國寶가 되고 말았다
몰래 혼자 꺼내 보는데

이거
어디서 났어요?

천 년 넘도록
광배光背는 아직 눈부신데
부처님만 딱하게 됐다.

도둥년 나뿐년 뽀바간연 매년

텃밭에 갔더니 상추가 없어졌다
이런! 꼭 밥 때 맞춰 뽑아간다. 벌써
한두 번이 아니다

상추 없는 밥상
쌈장에 밥 한 입 가득 물고

도둥년! 나쁜연!
상추 뽀바간연!
처먹고 디저라!
한두 번도 아니고 매년.

– 소리글의 몸태를 완연하게 드러낸 글.
– 연변 주택가, 상추텃밭

동작 그만

자유自由가 얼마나 힘든지 알아?
편할 것 같지?
함 살아 봐!
독립獨立이 얼마나 힘든지 알아?
직접 해 봐!
암튼 참 힘들어!
영악한 애들은 캥거루 새끼처럼 안 떨어져!

당신, 젊어서는 어땠어?
살면 살수록 복종僕從이 참 편하다는 걸 알게 되지
만해선사萬海禪師도 그랬지
부처님이 됐건, 조국이 됐건, 민족이 됐건 간에
철학보다 심오深奧해!

여자도 그래
이걸 깨달을 때쯤 되면 다 늙어버려서
아쉽지만
지금이라도 잘 생각해 봐! 그럼~
딸처럼 아효 이뽀라!
해 줄게, 알았지?
자~ 그럼!
동작 그만!

두문불출

2박 3일간
작은 매실은 30도 술병 좁은 주둥이 속으로 밀어 넣고
상처 난 매실은 6등분으로 저며 작은 술병에 담고
성하고 실해서 끝까지 남겨진 매실은 큰 유리병에 담는다

언덕에서 굴러 내려온 매실 낙과는 골라 줍고
이웃 젊은 아낙이
학생처럼 두 팔로 들고 온 매실은
봉지째 쏟아 찬물에 헹군다
"선생님~ 좋아하실 것 같아서 가져왔어요. 군일 아니면 좋
겠어요!"

새벽녘 지줄거리던 새소리처럼
창공을 죽죽 줄긋듯 날아간 새처럼
밝은 음성 감도는 비산비야에

2박 3일, 아내와 단 둘이
요렇게 살 수도 있구나!
요렇게 살아도 재밌구나!

딸년

발그레 다가오는
딸년
물기 초롱한 눈 들어
바싹 들러붙는
딸년
상큼한 과일냄새 나는
딸년
애첩처럼, 폭삭 안기는
딸년

애지중지 키워놨더니
잡년 됐네
예술한다고
나쁜 년.

땡 끝

집에 강도가 들었는데
물건만 훔치고 그냥 갔대
나무아미타불!
사람은 안 다쳤대?
곱게 잘 갔대
할렐루야!
살아남아야 쨋소리라도 하지, 그럼
죽으면 다 땡 끝이야
천만다행이지
사랑이 뭐 별 건 줄 알아?
살아있어야 미워도 하지
다시 또 오진 않겠지?

떡국

가래떡 쑤욱
잡아 뽑아
엽전처럼 동글동글
금덩이처럼 쑹덩쿵덩
흥청망청 배불리 먹고
정월 첫 날부터
먹고 또 먹고
차례상에도 올리고
식구 다 먹이고
이웃집 불러 퍼 먹이고
이제야 돌아앉아
내 떡국은 길쭉갤쭉
첩년 헛바닥처럼
야들야들 미끌매끌.

| 권녕하 劇詩集

머리 아파

그립던 사람 만난 날
첫 소리가
이상해 였다

그 사람 그리워 또 만난 날
농익은 소리가
어떡해 였다

뭔 일이 있구나 싶어 많이
보듬은 날은
너무해 였다

결국은 내가
그 때마다
달라져야겠다
머리 아파.

먹고 봐

일단
저지르고 보는 거야
난
참을 수가 없어
참아봐야 아무
소용없어
남의 것 되기 전에
확
저지르고 보는 거야
또 후회하기 전에
금강산도
식후경이야.

제**3**부

베옷 입고 날아가기

살다 살다 힘들면

무조건

여러분!
무조건, 즐겁게 삽시다.
무조건 클럽에 가입하세요
여러분!
가입 자격은
남녀노소 국적불문 무조건입니다
가입 방법은
네! 한 마디면 됩니다
회비 등 운영경비는
모였을 때 당일비용 갹출 분담으로 합니다
안 온 사람은 안 온 대로
온 사람은 온 대로
조건이 하나도 없습니다
탈퇴요? 조건이 없다니까요
올 때처럼 그냥 가면 돼요
그만 물어 보세요. 이제
조건이 없다는데, 티 좀 그만 내고
그냥 나가세요.

바고VAGO

아마 전부 꿈일지도 몰라
미사리에 가면
VAGO 카페가 있(었)다
바고가 "박어"로 느껴져 그랬더니 역시!
바기나, 배가본드 등과 연관된다
깊고 좁은 어두움의 언저리 그래서
신경의학용어로 미주迷走가 됐나 보다

뭉크의 그림이 보인다
공포에 떠는 표정
놀람의 극한상황
혼돈에 빠진 비명悲鳴
무작정 달려가는 외길
어둠 속 안개 짙은 미로에서
갈 곳 모르는 혼란

접신接神하듯
밀려드는 두려움
불안의 한계선 밖
육감의 경계선에서
칼 끝 예리한 그래서 더욱

66

상큼한 통증을
발가락 끝으로 버티며
미친 듯 광란의 춤사위

무욕무통無慾無痛의 공간에서
끈적이는 생명줄 한 가닥 겨우
부여잡고 흔들다 부들부들 떨며
신경줄은 고무줄처럼 팽창해
초극超克과 체념滯念이 범벅된
살고 죽는 것은 인간의 일

나비처럼 가볍다
바람처럼 자유롭다
빗줄기처럼 후련하다
훈향이 온몸을 휘감는다
해방된 감각은 천리 밖도 성큼
가벼워진 발목 들어 올려
구름을 으갠다

한 여인이 서 있네
한 아이가 보고 있네

살다 살다 하늘면

애잔한 얼굴로
아이 손 꼬옥 잡네
한 노파가 매달리네
꼭 다시 오라고
꼭 다시 온다고

막다른 골목길
아이들이 달려가네
째진 눈 흘기며 깔깔대며 뛰어가네
골목길 끝에서
안개처럼
구름처럼
폭풍처럼 거친 숨소리
요동치는 맥박소리
꽹과리소리 요란한 귀청 찢는
금속성 소리
어머! 깨어나셨어요?

미로迷路에서 나온 순간
이 사람! 명줄 기네?
지끌지끌 소음에 편두통

아마 꿈인지도 몰라
조용히 좀 하세요!
시끄러워 죽겠네.

베옷 입고 날아가기

바람이 발밑에 밟혔지
육신은 깃털처럼 가벼웠지
첫걸음 출렁이더니 곧
계단 오르듯 허~ 공중을 올랐지
이곳저곳 걸어 다녔지
새처럼 내려다 봤지
저만치에 인왕산
발밑에 남산
맑게 반짝이는 한강물 끝에서 쓰다듬는 갯내음
구름 아래 물이 한 가득 철벅댔지
들판엔 푸르른 바람, 하늘엔 하늘 바람
휘적이며 뒤척이며 둥실 떠 있었지
가릴 것 하나 없어, 가릴 필요 하나 없어
내 몸이 바람처럼 구름처럼 휑한데
몸은 아직 떠 있었지, 혹여
의심하면 떨어질까 봐 눈만 살짝 아래를 보니
인왕산이 안 보이네, 남산도 없네
가긴 이미 틀렸어, 너무 멀리 왔어
여긴 어디야, 붙잡을 것 하나 없어
멀리서 불어오는 바람 한 줄기
낯선 곳 홀연히 가득한 향기

70

출렁이는 쪽배처럼 휘청 밀리고 밀려 하늘 끝
어긔야 어강됴리 아흐 다롱디리
한 여자가 날아가네 피리 불며 몸 비트네
새빨간 입술보다 늘씬한 허리보다
휘황한 화관보다 맨 살에 베옷이 더 끌리네
그땐 분명 떠 있었지
아흐~ 아롱디리.

무형문화재

참 곱다!
화장빨이죠
분칠도 바탕이 되니까 받지?
너무 띄우지 마세요. 정말 믿겠어요
아냐, 정말 이뻐!

그녀는
한 송이 꽃이다
화려한 꽃단장이
정말 제격이다
공연을 앞두고

눈은 왜 감어? 눈 떠!
누군지는 알아야 할 거 아냐?
안 봐도 알아요!
또, 판소리할 건가?
그게, 내 맘대로 되나요?
지 맘대로 하는 걸~
"앵콜"이나 하지 말아요!

봄날은 간다

붉게 타는 속살
오월 이른 불볕에 되바라진 장미꽃 울타리도
새벽마다 찾아오는 이름 모를 산새 소리도
뜬금없이 꿱~꿩~ 토해내는 판소리도
이에 질세라 화답하는 꼭껴요 소리도
시도 때도 없이 목 멘 소리 꾸꾸우 뻐꾸기도
산록 깊은 속에서 은밀하게 노크하는 나무 쪼는 소리도
늘씬한 산까치 쭉쭉 각선미 뽐내며 날아간 하늘에
그림처럼 걸린 비행기 소리도
마을길 따라 뭔 볼일 있다고
살아있는 싱싱한 낚지 있어요!
깊숙이도 들어와
굵고 싱싱한 유정란 왔어요!
집집마다 꼭꼭 잠긴 문빗 아낙네 불러내는 소리도 결국
봄날은 간다!

사랑 처방전

사람이 사람 사랑하는 것이
죄가 되나요? 된대요!
나 말고 다른 사람이 먼저 사랑한 사람
사랑하면 벌 받는대요
궁둥이에 브랜드火印 찍힌 사람은
사랑해선 안 된대요

죄 짓기는 싫은데
다른 사람 궁둥이 좀 보자고 하면 안 되나요?
아님 말구~
사랑이 사랑을
사랑하는 마음이 들기 전에
그럼, 사랑해도 되는지 먼저 물어보란 말이군요?

사람이 사람 사랑하는 것이 자유로운 곳에서
사람이 사람에게 불도장 찍지 않는 신천지에서
그대를 맞이하고 싶어요
그럴 수밖에 없잖아요?

두려워하지 말아요
신경 끄고

생각 안 하고
불 끄고
안 보이면 될지 모르니까요.

뻥튀기

매운 칼바람
불거나 말거나
무신경하던 지구에
봄바람 불어와
맥박 툭툭 뛰던 날
매화 깜찍하게 망울지더니
아마 그 때쯤부터지

근질대던 팔 다리에
꽃이 무더기로
피어오른 그 날부터
무수히 꽃잎 지는
그 사이에도
바람이 일면
바람만 일면
또 피고지고
또 흩날리는
뻥튀기 매화꽃.

사전답사

그 집엔 TV 잘 나와?
안 나와!
맨날 재방송만 해
정규방송 볼 시간이 없어, 매일 저녁 바빠
백수가 과로사한다더니
무에 그리 바쁜지 바쁜 척했었는데
진짜 바빠졌어

인사동에서 폼 좀 잡으며
세미나 포럼 정기모임 문학단체 시낭송회에
미술관 박물관 전시장 북촌 서촌 고궁에
양반집, 아리랑, 바람 부는 섬, 시가연, 관훈클럽, 쌈지, 지리
산, 인사동 사람들, 정원, 지화자, 두리가, 낙안읍성 떡집에
개량한복 모듬삼방까지
휘돌아다니는 것도 한 때

낙원동, 종로3가에서
당구장, 기원, 빈대떡, 생맥주, 이발소, 추억의 영화관, 새우
튀김, 순대국, 치맥도
이리저리 한 때

지공선사地空禪師 되면 더 바빠진다는데
이것 참, 벌써부터 종점에서 종점으로
인천 차이나타운, 동두천 소요산, 춘천 닭갈비, 온양온천,
양수리 돼지갈비, 일산에 오리구이, 뭐 좀 색다른 것 없나?
한우 말고! 정직한 젖소고기~ 소고기전문점 같은

궁금증이나 풀겠다고
벼룩시장 남대문시장 구경하는 것도 하루 이틀이고
광장시장 빈대떡도, 중앙시장 수육, 곱창도 입에 물리고
추억 찾겠다고 라이브 술집 가봐야 시끄럽기만 하고
무교동 다동 청진동 명동에 광화문 청량리 영등포의 밤, 오향
장육도
따분하긴 마찬가지다

살면서 자주 못가본 데
남포집 냉면, 하동집 곰탕, 열차집 막걸리, 이강순 낙지집, 소
문난집 잔소리, 도리방 참새구이, 명동교자 칼국수, 명동 돈
까스, 제일면옥 냉면, 초계탕에 정종대포집 다 돌아다녀봐야
지갑만 축나고

까다로워진 입맛에

78

오래 살아 아는 건 많아서 잔소리는 늘고
나이 먹어 삐지기는 잘하고
한 말 하고 또 해봤자 들어줄 사람은
맨날 그 사람이 그 사람이다
모든 게 시들해질 무렵

다니다 다니다 심심해지면 거기 한 번 가봐!
'동작동 국립묘지'
모처럼 귀가 솔깃해진 한 마디 말
아직 못 해 본 것 한 가지
사전답사 차원에서.

*지공선사地空禪師 : 지하철 무임승차권 소지자

사철장미

어디서 오셨어요?
훌륭하신 분 보면
볼 때마다 울컥해져요!

둘 곳 못 정한 손끝이
거친 유자열매 껍질을
다감하게 쓰다듬다
외로 꼬는 몸태에 걸려, 뚝

따 드릴게요!

펜션 휴양지 주말 관광지
청정 친환경지역 찾아 곱게 핀
사철장미 꽃
능동적이던 소망도 시간이 지날수록
제 넝쿨에 자신이 얽혀
유배流配된 듯 탄식하는데

아직, 식전食前이면~ 같이해요!

너울바람 펼치듯 한

가벼운 오지랖에 그만
젖은 눈빛 표정 숨기며

많이 드세요
더 드리고 싶어요!

연민에
물든
발그레한 꽃술.

산에서 살아 봐

산에서 자고 산에서 일어나
오늘도 나간다
노인회관 앞 진陣을 친 할머니들
출근하세요?
아침에 나가면 사무실 가는 길
오후에 나가면 꼭 백수 꼴
저녁에 나가면 술자리 가는 길
한밤중에 들어오며 휘적휘적
갈지자 귀신걸음

"산이 좋아 산에서 사네"
"저 산이 날 부르네"
"산기슭 기대 내린 어둠 강심江心에"

심산유곡 깜깜절벽 초롱초롱 별빛 아래
펜션에 주말농장에 귀향에 다 좋은 말이지만
더도 말고 덜도 말고
일주일만 살아 봐!

전기 없고 핸드폰 없고 티브이 없는 산골짝에서
서울 하늘 훤한 밤하늘 화려한 네온 불빛

자꾸 그쪽 바라보다 문득
내가 지금 뭐하고 있는 거야? 하고
자문自問하던 어느 날

비산비야 산기슭에
양지쪽 아담한 봉분이 따뜻해 보이기 시작하면
이제 철 좀 난 거다
아직 살아있네!
아직도 살아남았네!
산에서 한 번 살아 봐.

살다 살다 힘들면

부둣가에서
큰 테 안경 쓴 왜소한 여자가
물 빠진 색감에 원피스 풍덩 걸치고
깜짝 쇼하듯 부르던 이별가離別歌
"남자는 배 여자는 항구"

그녀의 돌발행동에 처음은
박장대소 다음은
격려 박수 그 다음은
그만
울컥
웃다가 울 것 같은
"눈앞이 바다"

그녀는 현재 지방공무원이다
그녀는 지금 공무수행 중이다
그녀는 이곳 외딴 섬이 담당이다
그녀는 맨 입으로 업무수행 중이다
그런 그녀가
꼭 이선희같이 작은 여자가
누가 시키기라도 했나

84

심수봉을 부르기 시작한 것이다
"아쉬운 부두의 이별"

저런 여자에게 걸리면 큰 일 나
저런 여자에게 붙잡히면 못 가
순간, 섬사람 되고 말지 뭐 그럼
저런 여자라면
그냥, 가는 마당에 정말
버리고 가는 심정 웬걸
이리 약해빠져서는
출렁이는 뱃전 꼭 잡고
"살다 살다 힘들면~ 전화해!"

삼엽충

인간이 이 세상에 태어나서 한껏 살아봤자
고작 1백 년인데
권력을 잡고 싶어
개犬 노릇을 열심히 잘 하겠습니다
라고 하는 말은 바로
혹세무민惑世誣民한다는 뜻이야!
그것도 사자성어로

지구를 갖고 노는 돈맛은 어찌 알아가지고 그것도
지하경제까지 어캐 알아내서
어린 백성들 사는 땅까지 기어들어와
변괴를 부리고 충동질을 할까?
올해는 선거판에까지 뛰어들어
좌충우돌에 여론조작에~ 지 맘대로
쉽게 될 것 같아 보였는지
어느 놈을 위한 나발이나 부르라고 떼거지로
지방출장까지 다니면서 싸움질이나 붙이는데
과연! 너는 누구냐?

내가 누구냐고?,
나? 난, 본래 삼엽충이다. 왜?

내가 어때서? 상어보다 은행나무보다 바퀴벌레보다
더 먼저 더 오래 이 땅에서 살고 있었다
손 발 대가리 생식기 자궁 다 달린 너희
인간들보다 내가 훨씬 더 낫다

팁 하나 줄게!
내 이종사촌이 진화해서 니네들 된 거야!
꼭 여의도처럼 허리에 하수도 관로 뚫린 것처럼
빈대처럼 생겨먹은 내가 훨씬 잘 났다!
요 모양 요 꼴로 수억 년을 잘 살아내다
지금 나타났다. 어쩔래?
그동안 뭐 먹고 살았냐고?
니네 인간들 DNA가 내 펜션이다!
이건 몰랐지? 이 눔덜아!
에라이~ 꼭 생귀신生鬼神 같은 삼엽충아!

새끼

남편
전처 자식
정성으로 키워 봤자
남의 새끼!

형님 자식
키워 봤자
뻐꾸기 새끼!

아내
전남편 자식
거둬 봤자
씨 다른 새끼!

배 다른 새끼
키워 봤자
우환덩어리!

새벽 4시 반 라면

유럽 시간 맞춰 축구 보다 날밤 새고
미국 시간 맞춰 야구 보며 날밤 새고
한국 날 새기 전 새벽 4시 반!
이 때 먹는 라면 맛이 세계 제일이지!
30분만 오차가 생겨도 맛이 달라!

스포츠 때문인지 라면 때문인지
하루 이틀도 아니고
라이브live지 녹환錄畵지
본 거 또 보고
창밖이 뿌옇게 밝아오면
녹작지근한 육신
눈 좀 붙이면
이제, 오늘 출근은
물 건너갔다!

서리운 닭의 마지막 육덕肉德 베풀기

내 한 몸 죽고 죽어
바치고 또 바쳐
죽으면 죽으리라
무작정 바쳐
못된 인간까지 먹여 살린 죗값
내 몸 바쳐 치르리라

때만 되면 가창오리
제 멋대로 날아와
수천만 동족 살처분殺處分
땅속에 파묻히고 말아

새 같지도 않는 새가
날지도 도망도 못가
그저 비둘기만도 못한 이 몸
죽으면 죽으리라
내 한 몸 죽으리라

그래, 이왕이면 떼거리로
광화문에서 죽어버려
21세기 대한민국에
육덕이나 베풀리라.

90

제4부

속 시원해서 미안해

살다 살다 힘들면

소화제도 보약

당신 나이가 이젠 꽤 됐네
올해 몇이지?
육학년

잔주름이 쉰 머리칼에 섞여
차창 밖 세상이 은빛이다
대설인데 푸근한 날씨
이젠, 추운 게 싫다

노세 노세 젊어서 노세~
일하는 사람들 맥 빠지게
싸구려 스피커 찢던 소리
망국의 노래 같던 이 노래가
이제 와서 실감이 난다

약 먹었어?
기운 없으면 놀지도 못해
소화제도 보약이야
늙으면 다 소용없어
잘 챙겨 먹어.

속 시원해서 미안해

내 그럴 줄 알았다고?
내가 실수할 줄 알았다고?
그래서 그렇게 하면 안 된다고?
미리 말해 주려고 했다고?
또 그럴까 봐 말해 주는 거라고?!

그래?
난 몰랐어!
그래서 그랬어!
미리 말해 주지 그랬어?
실수하기 전에
충고해 주지 그랬어?
질투같이 들리잖아!

벌써 그 일 다 끝났어!
속 시원해서 미안해!
너도
땡 끝이야.

94

시샘하기

나두 하고 싶어
나두 해 줘
나만 못했잖아

기적이 일어난 그 순간
그 공간에서 소외된 외로움
다시 살아났다는 소식을
혼자 몰랐다는 허망함

세상에, 어둠 밤길을 밝혀줄
네비게이션이 없다는 절망감
나만 모르고 나만 없는
그 공간 밖에 홀로 있다는 소외감

이 건, 시샘보다 더 근원적인 그리움
come back이건, alive이건
나두 알고 싶어
나두 같이 할래, 그리고
나 없을 때
나 모르게 하지 마.

슬픈 음악을 틀어줘요

여름날 긴 햇살, 강물 위에 떨어지면
다시는 돌아오지 못할 소년 생각에
어린 날 빠져들던 샛강의 물빛이 아득히 떠올라요

황톳길 넘을 때마다, 길 떠날 때마다
곧 다시 오겠다는 약속
기다림에 지친 가슴은 날선 애증의 칼 끝
파랗게 살아나는 몹쓸 기억에

빨리, 슬픈 음악을 틀어줘요!

울컹한 가슴 깊숙이 찌르는, 비수 같은 음색에 뒤채이며
광장 한복판, 사금파리 뿌려놓은 제단을 향해
어푸러지고 싶어요
마셔도, 마셔도
해갈되지 않을 기억은
석양녘 물가에 말갛게 떠오르고
어린 날 소년이 애처로운 몸짓으로 뒤틀어요
가쁜 숨 쥐어짜며 몰아쉬어요

제발, 슬픈 음악을 틀어줘요!

96

뒤틀린 멜로디에 휘감겨, 불붙은 상복을 뒤집어쓰고
화려한 폭죽처럼 터지고 싶어요
끝 모를 심연으로 빠지고, 또 빠져
허옇게 말라붙은 샛강의 종말이 보고 싶어요

아— 슬픈 음악을 틀어줘요. 빨리.

아쉽게도

벌써 늙었네?
별로 많이 못했는데
아쉽게도.

아침부터 저녁 사이

아침부터 저녁 사이
춥고 서늘하고 덥고 땀나고 변덕을 부리며
코감기 목감기 번갈아 세॥ 들어와도
곡식 잘 익히려는 조화 속인 줄 알았는데
오늘 아침
후두둑 빗방울 소리

애고, 곡식 다 젖겠네!
기어코 쏟아져 내리고야 마는 비

또 속고 살지 뭐!
하늘도 제 맘대로 안 되나 봐
늦가을 갱년기.

요조숙녀 窈窕淑女

먼저 올라가세요!
계단 앞에서 주춤
길 내준 그녀
사내들
올려 보낸 뒤
차분한
걸음걸음

그래서
아무도 모르는
낯선 도시
엘리베이터 앞에서
멈칫 타인他人처럼
홀가분해진 그녀
먼저 들어가세요!

이런! 늘그막에

어느 날
아내를 좋아하는 남자가 나타났다
아내도 그 남자가 싫지 않은 모양인지
시시콜콜 그 남자 생김새를
설명까지 해 준다
정말 멋있는 남자인가 보다

아내의 마음을 흔들어 놓은 그 남자
그 남자가 아내를 행복하게 해 준다면
아내도 그 남자를 진실로 원한다면
아내를 그 남자에게 양보해야 하나?
아내가 지금보다 더 행복해질 수 있다는데
내가 걸림돌이 돼 버린 건가?

이런! 늘그막에
아내를 위해서
아내의 행복을 위해서
아내를 시집보내야겠다
내 팔자도 참.

아효~ 이뻐라!

얼굴이 왜 그래?
뭔 일 있었어?
바람 좀 쐬고 와!

일손은 안 잡히고
맘은 싱숭생숭하고
되는 일은 없고
그럴 땐 휘익 바람처럼
출렁출렁 물결처럼
낯선 곳에서
외로워도 보고
생경스런 음식도 먹고
해 봐!

질투야 나겠지
놀다~ 놀다
지루하고 재미없고 그러다
문득 어느 날
고향 생각이 나서
가슴 한 켠이 미어질 것처럼
아프기도 하고 때로는

땅이 푹 꺼질 것처럼
한숨이 나오고 하면
생각해 봐 다시 한 번
사랑하곤 관계없어

와! 그냥
괜찮아! 똑같애!
근데, 올 땐 꼭 전화하고 와
방 치워 놓게
아효~ 이뻐라!

이치구니없는 세상

누굴 사랑한다는 것은 어처구니없는 짓
누굴 싫어한다는 것도 어처구니없는 짓
그런 마음 품는 것도 어처구니없는 짓
그래서 사람 사는 세상 본래 어처구니없다지만
산도 물도 바람도 어처구니없기는 마찬가지다
지구도 달도 태양도 저 멀리 우주까지도
어처구니없기는, 태초부터 그렇다

오늘, 나선 거리 한복판에서
발 밑 휘감는 한 줌 먼지바람
퍼붓는 햇살에 지친 육신
모로 뉘일 단칸 방, 한 구석에서 홀로
중음中陰을 휘젓다 싫증난 도깨비처럼, 허 — 허 —

내가 왜, 지구에 있는지 어처구니가 없다
내가 왜, 이 땅에 살고 있는지 어처구니가 없다
내가 왜, 아직 살아있는지 어처구니가 없다

허망한 웃음, 허 — 허 —
내가 기쁜지 슬픈지, 허 — 허 —
나 같은 물건 또 있는지, 허 — 허 —

맥 빠진 웃음, 허공에서 일렁이는데
종교는 뭐고, 철학은 또 뭐냐!
예수도 석가도 공맹도 다 어처구니없는 헛고생
내가 왜 웃었는지, 내가 왜 웃어야 하는지
정말 어처구니가 없다.

외로운 척

애당초
생각은 은밀하게
했다
가능한 한
남들 시선 끌지 않을
외진 곳을 찾아
담장 안쪽 고목나무 옆에서
지퍼를 내렸다

불쑥 내민
꽃봉오리가 제법
해사했다
짓궂게도
상복喪服 입은 여인처럼
다소곳하거나
외면한 듯 곱게 여몄거나
그것도 아니라면
처량한 척 몸부림쳤거나
탱고리듬에
격정적으로 꺾였거나
했다

106

대낮부터
북향화北向花로
외로운 척했다.

살다 살다 힘들면

이발소 그림

바람 불 때마다
뒤집어지는 저 성깔 누가
여직 다독였나

잔잔하게 살랑이다가도
허이얀 포말 게거품 물며
숨 가쁘게 달려들어
그저, 야! 야! 반말이나 해대며
파도타기 즐기는 갈매기나 품고
때로는 첩년 속삭임 같이
동맥정맥을 출렁이게 해
그렇게 폭 빠져 버리면
아니 되는데!

해가 뜨고 또 저물고
발그레한 노을 배경으로
눈물 그렁 맺히던 기억이
생생하게 떠오르는 해변
왈칵 또 달려들기라도 하면
이젠 어쩌나!

108

미소 잔잔하던 그 얼굴
한 번씩 뒤챌 때마다
여지없이 드러내는 그 성깔
그 깊은 속내를 그래서
믿으면 안 되는데
위작僞作인데.

입김

해무리
산 울타리 걸린 무거운 날
지금 와요?
차창 밖 맺힌 빗물
떨군
민낯

헤집다 지친
청보리밭
음울한 머리칼
지금 가는 중이야!
그 흔한 사랑한다는
말 한 마디 차마

낮게 뱉는 숨소리
괜찮아?
먹장구름 하늘 덮고
차창 구석에 기댄 채
꿈도 꾸지 못할 등기이전

탄식에 물들어가는

흐린 날
해질녘.

인간들이라니

하늘을 움직인대요
지축도 흔들 수 있대요 사람이
열과 성을 다하고
신信과 념念을 다 바쳐
백척간두에서 진일보하면
오도悟道의 경지에 다다르고 신선도 된대요
장주莊主의 꿈 속에서
곤륜산崑崙山을 훌쩍 날던 나비도
샌달 한 쪽 지팡이 끝에 걸고
아미타로 돌아간 달마達摩도
대신 죽어줄 정도로
사랑을 실천했던 예수도
죽일 테면 죽여 보라던 간디도 다
부질없네요
하늘 일은 하늘에게 맡기세요
땅의 일은 땅에게 물어보세요. 사람은
사람 일이나 잘 하세요
주제넘기는.

112

자유부인

힘들었죠?
그러게, 그냥 안고 있으랬잖아요?
팔이 후들대고
손목은 시큰거려

쉽지 않은 여자
전쟁 중에 어렵게 찾아낸 여자
역사는
현장에 있을수록 잘 안 보이는 법

이 여자와 있던 일주일이
대세를 그르쳤어! 그만
파죽지세로 깔아뭉개, 지금쯤 다 끝난 줄 알았더니
낙동강 오리알이 돼 버렸어

알다가도 모를 이 여자
이제, 한숨 주무세요
그럴 순 없다며, 나쁜 놈이라며, 고결한 척하더니
아니! 다른 사람은~ 다, 잡디까?

제**5**부

찝찔하거나 짭짤하거나

살다 살다 힘들면

재채기 한 번 해 봐

'여자가 웃으면 그 곳도 웃는다' 는 말은
소설가이자 수필가였고 수석 전문가였던
염재만이 한 말이다
한 시대를 풍미風味했던 그의
수필집 제목이기도 한데
사실
사람이 재채기를 해도,
해 보니
막힌 코도 조금 뚫리고
변비해소에도 도움이 되고, 또
그곳도 움찔거린다
사람 한평생 살면서
웃고 살 수만은 없으니, 지금
재채기 한 번 해 봐.

지난 여름

비 억수로 쏟아지는 날
비 맞이하러 나섰어요
중절모까지 갖춰 쓰고
하늘 한 번 쳐다보고
빗속으로 들어갔어요
콩 튀는 소리
장구 치는 소리
투가리 깨지는 소리
골짜기 물 쏠려 내리는 소리
휘몰아치는 바람소리
우산 꼿꼿이 받쳐 들고
걸어갔어요
오만 잡생각 끝에
눈에 걸려든 대폿집
잔 술 한 잔 걸치고
그냥 걸었어요
길바닥에서
허이연 서기가 피어오르더군요
머리카락이 젖더니
어깨가 젖어들고
허리까지 축축해지더니

118

젖은 바짓가랑이 사이, 쓸린 사타구니
어기적거리다 말고
뿌옇게 서리 낀 안경 벗어 들고
중절모 흔들면서
또 걸었어요
우산은 언제 내동댕이쳤는지
모르겠어요.

짜장면 배달

비 오는 날이면
쐬주를 마시자
낙엽에 아스팔트
휩쓸리는 날이면
질척한 면발이나
비벼대 보자

왔어?

비 오는 날이면
낮술을 마시자
도심 거리마다
빗소리 찰박대면
면발 한 입 가득 쑤셔 넣고
씹어나 보자

아직?

창틀이 바람에
덜컹댈 때마다
갔다는 배달통은

120

언제 들이닥칠지
축축해진 거리에서
불어터진 면발을.

찝찔하거나 짭짤하거나

좀 시원해지나 싶더니
은행잎처럼 누렇게
저만 시들면 이게 뭐야!
숲은 아직 시퍼런데
난 몰라!

첫서리 내린 날 밤 내
풀 먹인 요에서 부스럭대다
꼭두새벽에서야 끼친 소름
이상해!

말은 그저, 싫어! 안 돼! 하면서
날이면 날마다
빤히 얼굴만 쳐다보며
알 만해!

그래서 정말
낯선 도시에서
우연히 마주친 것처럼
한 번 해 봐, 꽤
상큼해!

122

그저 하는 짓거리하곤
들이밀 생각이나 하고
이제 그만 삭을 때도 됐잖아?
어쩌란 말야!

근데, 내일 뭐 할 거야?
지금 어디 있어?
그래? 그럼!
찝찔하거나 아님
짭짤하겠군.

찐빵

식은 찐빵
챙겨 먹겠다고
찜통에 물 채우고
열을 올리면
십중팔구 껍질만 굳는다

아무리 치근대도
뺀질대는 민낯
술빵처럼 부풀려
폭신하게 먹긴 글렀다

편하기론 애시당초
잔설殘雪 날리는 한겨울에도
두메산골 깊숙한 양지쪽 찾아
늙은이 뱃가죽 같은
주름진 산비탈에서
두런두런 한세상이
그저 그만인데

선생님!
선생님?
찐빵 다 식겠어요.

차이

객석이
조용해야
연주가 되는
연주가
난! 내 음악에 몰입해야 돼!

객석을
조용하게 만들어놓고
연주를 하는
연주가
난! 내 세계가 중요해!

객석을
한 순간!
숨 막히게 만들어놓는
연주가
그저~ 온 세상을 향하여!

참

참, 괜찮은 여잔데
만나는 남자마다 시원칠 않아
속 썩고 애간장 태우고
하던 장사 홀랑 들어먹고, 그래서
갈라지고 멀리 이사까지 갔는데 다시 또 합쳤다며
그냥 살기로 했어요!
그런데 또 박살내고 이번엔 진짜 갈라진다며
끝없이 푸념이다
이런 일 한두 번이 아니다

참, 열심히 사는 여잔데
한도 끝도 없는 해원解寃을 들어주느라
핸드폰 소리 꽉 틀어막느라
볼때기에 눌린 자국 생겨
누구~ 전화야?
시시콜콜 들은 여자 사정 볼썽사나운 변명
누가 듣기라도 하면
무슨 관계야?
꼼짝없이~ 바가지 쓰겠다

참, 좋은 여잔데

그런 날이면
지 속이야 좀 삭겠지만, 그런 날은
이글지글 불똥이
옮아 붙기 일쑤다 게다가

참! 여기 놀러 오세요
좋은 데 많아요
안내할께요
오시면, 이런 말~ 안 할께요
죄송해요
제가~ 이러고 살아요
언제 오실 거죠?
오시는 날, 미리 전화하세요

그래요?
한 번 가긴 가야겠네요
도착하면 들어가요?
오메, 좋지요!

이건 차라리
보일러에 기름을 뿌리지

불란不亂 일어난 집, 다독이느라 한 말인데
참!
오메 좋기는.

창 밖 사그락거리는 소리

창 밖 사그락거리는 소리
지붕에 눈 쌓이는 소리
대빗자루 눈 쓰는 소리
누워있던 몸 일으켜 옷을 챙겨 입는다

구름산 아래 구름마을 외등
노—란 가로등 빛으로 흰 머리칼 빗질하고
허리 구부정한 이웃 노파
길바닥에 흩어진 머리칼을 쓸어 담는다

대빗자루 등 긁듯 성기게 쓰담은 흔적
외등 아래 살비듬처럼 반짝이는데
들어가 쉬세요
인사말까지 빗자루질에 쓸려 간다
이 밤 내도록 눈 내리면
휘인 등허리 하얗게 덮이는 머리카락
그만 들어가 쉬세요
대빗자루 빗질소리 밤 내 뒤따르는
구름마을 골목길.

하얀 개활지를 내달린 기억

인간들이!
결국 일을 저질렀어
내 그럴 줄 알았다는 사람들도 꽤 있지만
난, 그럴 줄 몰랐어, 정말 몰랐어
사람이란 종족이
이렇게까지 미련할 줄 몰랐던 거지

말도 안 돼!
경기지역 한파주의보
여기가 무슨 장진호야?
중부지방에서 얼어 죽을 걱정하라니
차라리 전쟁이 낫지
소총을 분신처럼 챙겨도
쏠 데도 없고
군인이 얼어 죽어 후퇴한다니

온몸이 아파!
일기예보 -20℃, 개활지는 체감온도 -35℃
누가 날을 잡았는지 믿을 놈 하나 없어
기름은 얼어붙고 배터리까지 방전돼
무원고립상태

130

차가운 쇠붙이에 긁힌 듯 뇌수腦髓는 그 통증에
순두부처럼 멍청해졌어
온갖 수단 다 써도 막을 방법이 없어
장진호 군인들처럼

이러다 죽는 거구나!
죽음이 와, 있었어 냉정하게
웅크린 시선 아래, 있었어 발끝에
깨진 탁구공처럼, 보였어 죽음이
쪼그리고 있었어, 냉동시신이
백마처럼 눈밭을 내달렸어, 단기필마로
달리고 달렸어, 무작정
살아있다는 것을 알아야 했어, 스스로
그래야만 살 수 있다고 생각했지

그게 다야!
하얀 개활지를 내달린 기억.

하얀 명찰

그녀가
신분을 드러내놓고
면회를 왔다
부대출동 직전, 급박한 찰나에
하얗게 질린 얼굴로
말 한 마디 못하고
떨구는 눈물방울

전투복에 붙은 명찰을 부욱— 뜯어
그녀의 손에 꼬옥 쥐어준다

내가 안 돌아오면, 이걸 보여줘!
내가 없더라도 절대, 당신을 내치지 않을 거야!

군번과 이름이
선명하게 새겨진
하얀 명찰을 받아 들고
처연한 눈빛으로 바라보던
그녀의 얼굴

핏기 가신

차가운 겨울
밤 내
하얗게 떠돌던
기억.

헌 집 새 집

내 가슴이 두꺼비집이라면
벌써 다 녹았겠다
그대 심장이 전자회로라면
진즉 다 타버렸겠다
동맥정맥 복잡하게 얽혀
미로 같은 터널 속에서

헌 집에 숨었니?
새 집에 숨었니?

개목에 걸린 쇠사슬처럼
철그렁거렸다면
고양이 방울처럼
소리라도 들렸다면
천둥 번개 우레 심상찮은
밤이면 밤마다 그렇게
헤매지는 않았을 텐데

마음 풀어놔요!
이제, 헌 집 바람벽이
덜컹댄다 해도

새 집 문틀이
삐걱댄다 해도
두려워하지 말아요!
두 눈 꼭 감으면
하나도 안 보이니까.

살다 살다 힘들면

환각지통幻覺肢痛

대륙大陸에서 보면
대곶大串 형상의 대한민국 국토는 꼭
발기된 남성기男性器처럼 썩 잘 생겼다
왜인들이 모여 사는 일본국 섬나라는
사타구니 싸매는 훈도시처럼
갈아 차기 좋게 길쭉하다
지나족이 퍼질러 앉은 중국 땅은
대곶이 그만! 일 저질러
만삭 만든 배불뚝이 아줌마 같다

그런데, 남한 땅을 확! 쓸어버리고 싶어서
꼭 장마철 물난리 난 바닷가 저지대처럼 여기고
백령도, 대청도, 연평도, 강화도, 흑산도,
제주도, 진도, 거제도, 대마도,
울릉도, 독도 등등~ 욕조浴槽에 떠있는
낙동강 오리알처럼 우습게 보는
북한이 있는데

잘린 허리 통증에 유월만 되면
환각지幻覺肢 찾느라 지쳐, 몸살 나는 새벽마다
통일한국? 어디에 있습니까?
동북아 지도 펼쳐놓고 백두산, 연해주, 바이칼호, 대마도

긁적거리며
그런 나라가 어디에 있는지 못 찾겠습니다!
탄식이나 하는데

남한을 "개똥같은" 이라고 말한 아주 유명한 선각자와
그 생각을 모방하고 재생산하는 철딱서니들이
개똥밭으로 여기는 대곳, 대한민국에서
지들은 왜! 안 나가고 붙어살고 있는지
진정! 궁금해지는 오늘

단군 할아버지!
이 개똥같은 놈들! 얼른 퍼떡
백두산 천지 명경수 한~ 바가지씩
정수리에 싸질러
정신 차리게 해 주소서!!!
늙어 기운 다 빠지기 전에.

* "독일? 어디에 있습니까? 그런 나라가 어디에 있는지 못 찾겠습니다." : 이 말
  은, 독일문학의 거장 괴테(Johann Wolfgang von Goethe, 1749~1832)와 실러
  (Johann Christoph Friedrich von Schiller, 1759~1805)가 1796년에 펴낸 2인
  공동시집《크세니엔Xenien》에 있다.
* 환각지통幻覺肢痛 : 잘려나가 없어진 신체 일부분이 아프거나 가렵다고 느끼
  는 정신현상.

폐쇄공간閉鎖空間

비 오는 날
추적거리는 차량행렬
지금 터널 속에 있어
지리산, 기센 산자락 속으로 뚫린
긴— 터널 속에 붙잡혀
진땀을 흘리고 있어
언제 끝날지도 모를 폐쇄공간 속에서
맥박이 빨라지고 있어
거친 내 숨소리가 들려
지금, 11시 11분, 앰뷸런스 소리가 들려
귀청을 찢기 시작한 시간 1111
핏빛 경광등이 번쩍거려
아우성 소리
아, 머리 아파!
자꾸 보여.

허그hug

안기만 했는데
허그하자며 끌어당겼는데, 그만
왼 가슴 심장에
그녀 얼굴을 묻었다

옷깃 화장품
곱게 닦는 그녀에게
숨결 뺏긴 날

영화배우처럼
백허그해 줘!

그 날은
안긴 날.

회심곡 상추편

1.
사람 사는 이 세상에
밥 반찬 한입거리
상추로 태어나서
삼겹살 술 안주로
입맛 돋우는 채소로
한평생 길러져서
이제 한 번 살아보나 했더니
그 긴 여름날 견뎌내지 못하고
시퍼렇게 뜯긴 몸으로 결국
술 밥상에 올려졌네, 에고~
내 평생 소원은
꽃 한 번 피고지고

2.
개똥밭에 굴러도
살아생전이 좋다더니
팔 다리 이파리 뜯길 때마다
분지러지는 아픔 솟구치는 게거품
뽀얗게 흘러나온 진액이
저네들 한 끼 입맛 돋운다고

140

탐스런 종족들
건강하게 살겠다고
좀스런 부족들
제발 한 번 도와주소, 아야~
내 평생 소원은
꽃 한 번 피고지고

    3.
내 몸 갈가리
찢겨나갈 때마다
내 정신 아득하게
돌아버릴 때마다
그저 내 할 수 있는 것이라고는
자비를 베푸소서
다시 태어나
내 한 몸 두루 줄 수 있도록
자비를 베푸소서, 씨발~
내 평생 소원은
꽃 한 번 피고지고

    4.

원망한 적 없고
대든 적도 없고
절절이 입맛 돋우려
내 몸 바쳐 정성 드렸으니
다시 살아 몸 바치게
종자라도 남겨주소
한 해 두 해 살아내며
내 믿는 구석이라곤
늘 따뜻한 햇살과
변함없는 흙 내음
씨앗 거둬 챙기는 농심뿐이러니, 조까치~
내 평생 소원은
나두 꽃 한 번 피고지고.

　　　〈후렴〉
먹는 놈 따로 있고
죽는 놈 따로 있네
왕후장상 씨 다를까
세상천지 무상타 해도
먹고 죽을 놈 죽어도 먹네, 에라이~
나두 한 번, 나두 한 번―――.

권녕하權寧河 극시劇詩 텍스트 고攷
─ 권녕하 劇詩集《살다 살다 힘들면》평설

石蘭史 **이수화**
(한국문협·국제PEN한국본부 원임부이사장, 한국문학비평가협회 회장)

1.

우리나라(大韓民國) 인문학계에서는 지난 100년간의 한국현
대시사상韓國現代詩史上 극시劇詩(Less 또는 Reading drama)는 시극
詩劇(Poetic drama)보다도 낯설다.

척박한 어투로 극시는 시詩를 위주로 한 극劇이라서 연극演
劇의 무대舞臺·연기演技를 통괄하는 연출演出 현현顯現이 필요
하지만, 이 극시의 고전古典이며 대극본大劇本인 괴테의《파우
스트》조차 레제드라마(Lese drama, 읽는 서재극書齋劇, Reading
drama)라는 별칭이 생겼다. 이 논고論攷에서 집중 논구論究코
자 하는 극시는 시인 권녕하權寧河 극시집 수록 75편(이 중〈살
다 살다 힘들면〉외 2편은 『한강문학』제6호 게재)이다.

인류사적 인문학의 캐논(Canon, 정전正典)인 괴테의 극시《파
우스트》로부터 오늘의 권녕하 극시집 수록분 75편은 시간적
단순논리로 따져《파우스트》가 59년 동안 괴테가 써서 1832

143

년에 간행(제2부) 되었으니 185년 후의 실로 신비로운(국적과 민족혈통이 다르다는 의미에서) 문학 후예(권녕하)의 극시집 탄생인 셈이다.

괴테와 세계 문학사에 이름을 나란히 한 극시인은 예이츠, 셸리, 바이런이 보이는데 이 극시의 독자성이 잘 대비될 시극(Poetic drama) 작가와 작품을 규시하자면 셰익스피어의 《햄릿》을 상기하게 될 터이다. T. S. 엘리어트는 그의 걸출한 시극론詩劇論 〈시詩와 극劇〉에 관하여, 1950년 하버드대학 스펜서(Spencer) 교수 1주기 추도 기념 강연을 통해서 셰익스피어의 시극 《햄릿》의 탁월성에 대해 다음과 같이 그 하이라이트를 상찬하고 있다.

다음은 셰익스피어 시극 《햄릿》 1막 1장 끝 장면에서 마셀러스가 호레이쇼에게 독살당한 왕의 유령이 나타났다가 닭 우는 소리를 듣자 그만 사라지고 말았다는 얘기를 듣고, 호레이쇼가

"나도 그런 소리를 들었고 어느 정도 믿기도 하네.
그러나 저기를 보게. 아침 해가 붉은 도포를 입고
저기 저 높은 동산 위 이슬을 밟으며
걸어오시네. 이제는 우리들도 망을 파하세"

(So have I heard and do in part believe it.
But, look, the more, in russet mantle cald,
Walks over the dew of yon high eastern hill.
Break we our watch up.)

144

—라고 대답하는 이것은 위대한 시인 동시에 극적이라고 엘리어트는 시극《햄릿》을 극찬하는 말을 다음과 같이 덧붙이고 있다.

"시적詩的이고 극적劇的인 동시에 그 이상의 어떤 것입니다. 우리가 그것을 분석하면, 그 극의 움직임과 더불어 진행하고 그것을 보강하는 일종의 음악적 설계 또한 나타납니다. 이 음악으로 말미암아 우리의 정서 파동은 무의식중에 낮았다 높았다 하는 것입니다"라고 엘리어트는 우리 인간의 무의식중에 나타나는 정서의 음악적 파동(리듬)을《햄릿》의 다음 끝장면 두 줄에서 발견해 놓고 있다.

    그러나 저기를 보게. 아침 해가 붉은 도포를 입고
    저기 저 높은 동산 위 이슬을 밟으며 걸어오시네.

이 두 줄을 읽을 때 우리는 잠시 기분이 격에 맞지 않게 앙양昂揚되지만, 이것이야말로 시적(劇을 살리기 위한 詩의 기능) 사명의 효능인 것이다. 시라고도 할 수 있고 산문散文이라고도 할 수 있는 "붉은 도포를 입은 아침 해"와 "높은 동산 위 이슬을 밟으며 걸어오시네"란 표현(Render)이 바로 그것이다. 독살당한 햄릿의 부왕父王 유령의 현현에 대한 극적 표상치고 이처럼 시적(韻文)이고도 산문적인 표상화 표현이 또 있겠는가. 그리고 위 두 줄 뒤에는 돌연突然 무대의 전환轉換을 시사示唆하는 암시적인 반행半行의 대사가 셰익스피어의 위대성에 의하여 구사된다.

이제는 우리들도 망을 파하세.
(Break we our watch up.)

　위 인용반행引用半行은 호레이쇼가 왕의 유령이 나타남(등장)을 다이얼로그로써 장엄 유현하게 현현해 보이면서 일막 일장을 닫는 무대 기술적 연출관점과 음악적 관점을 암시하는 이중적二重的 시극형을 형상화해 보이는데 이는 위대한 시극에 실현되는 멀티플 디렉션 효과인 것이다. 이렇게 볼 때 우리는 시극이건 극시이건 간에 운문이 다만 극의 형식화나 부가적인 장식裝飾이 아니고, 그것이 극의 사활을 좌우하는 것임을 확연하게 인식하게 된다. 특히 우리에게 무의식중에 미치는 운문의 영향이 얼마나 중요한가를 깊이 인식해야 한다.

　시를 모르는 사람이 시극을 보러 갔을 때나 극시를 보러 갔을 때 시의 영향을 받아야 하는 것은 시를 모르는 운문극韻文劇(劇詩) 극작가劇作家가 시를 모르고 시극이나 극시를 쓰는 바와 같다. 엘리어트는 이 때문에 산문이 시적으로 되게 하기 위해서는 극작가는 항상 시적이어야 한다고 했다.

　시적이란 인간 감정의 미묘微妙한 영역領域을 말한다. 감정이 최고로 강조되었을 때를 가리키는 바; 이 영역의 때를 시극과 극시는 표현하는 것이다. 결국 시적인 표현이 시극이란 결론에 도달하는 것과 같이 극의 형식을 취하거나 혹은 극적 수법을 사용하는 시가 극시라는 개념 속에는 시극보다 더 시적, 즉 인간 감정의 미묘한 영역이 엄존한다.

　극시의 극적 특성은 대화(다이얼로그), 극적 모놀로그, 어법

146

(diction), 무운시(無韻詩, blank verse), 또는 긴장된 상황과 정서적 갈등의 장소에서 생길 수 있다. 브라우닝은 극적 서정시(劇的 抒情詩, dramatic lyrics)란 용어를 쓰기도 했다. 셰익스피어의 《폭풍》(The Tempest, 1611)은 시극으로 많이 알려졌으나 브라우닝의 《파파 지나가다》(Papa passes, 1841)와 같은 서재극(書齋劇, Closet drama)들이 극시로 불리기도 한다. 심지어 극시와 시극 혼란상은 예이츠가 극시와 시극의 명작 《환영幻影의 바다》(Shadowy Waters, 1906)와 《데어드라》(1907)를 말하는 경우에서 동료 여류시인 캐서린 타이넌(Katharrine Tynan, 1861~1931)에게 보낸 서신에서 시극 《데어드라》를 "나의 최고의 희곡(my best play)"이라거나 "나의 최고의 극시(my best dramatic poetry)라 생각한다"고 말했으리만치 시극과 극시의 개념 혼란은 지금(현대)까지도 말끔히 극복되지 않고 있다. 이 때문에도 본 평설자는 이 글의 본론에 앞서 셰익스피어의 시극에 대한 T. S. 엘리어트의 시극론 하이라이트를 거론해 온 것이다. 다시 말해 극시, 즉 시로 쓴 극인 poetic drama는 앞서 지적한 레제(reading drama ; 서재에서 읽기만 하는 書齋劇・戲曲)여서 상연하기에는 적합하지 않다.

극시인은 문학사상 셸리, 바이런(만프렛도, 파리시나), 예이츠(환영의 바다) 등의 기라성 같은 극시인들 작품이 즐비하지만 시극(closet drama)으로 불리기도 한다는 사실을 거듭 부기해 두거니와 이런 극시가 연극성을 무시하고 문학성만을 중시한 독서용 희곡, 부흐드라마(Buchdrama)로 불린(독일) 사정도 이해되며, 이에 반대되는 상연을 위한 무대 희곡, 즉 뷔넨드라마(Bnendrama)가 생긴 사정도 이해될 만하다.

이런 레제 드라마의 비조鼻祖는 그리스의 희곡 아낙노스코이(Anagnoskoi)란 것인데 거듭 말해 괴테의《파우스트》와 셸리의《해박解縛된 프로메테우스》, E. 베르하넨의《승원僧院》이 유명하고, 이 레제 드라마(극시)는 현대에 이르는 동안, 시극에서 장 콕도, W. B. 예이츠, T. S. 엘리어트의 정통 시극과 미국에서 퓰리처상을 받은 머클리쉬와 뒤런마트(스위스)가 방송시극 분야에서 두각을 나타낸 사례로 꼽는다.

한국의 경우, 1960년대 '시극 동인회' 활동[1]과 씨네포엠 운동[2]이 부침하기도 했다. 자, 이제 한국의 시극과 극시의 혼돈상을 이쯤 정리하기로 하고 본론으로 들어가 한국 극시 전개의 본격물인 '권녕하 극시 텍스트 고'《살다 살다 힘들면》(劇詩集)에 대해 집중 평설한다.

2.

인류사적人類史的인 예술 극시 중에서 W. B. 예이츠의 극시《환영의 바다》(The Shadowy Waters)를 손꼽는 것은 이 극시의 연극성이 뛰어나다는 점에 있다. 그러나 이 극시는 본격적인 무대공연을 위한 극시가 아닌 앞 장에서 누누이 말한 레제(읽기) 드라마(書齋劇)다. 그럼에도 예이츠의 이 극시《환영의 바

---

1) 시극 동인회詩劇 同人會 : 1961년 박용구, 고원, 장호, 김정옥 등의 중심으로 시극의 연구 및 창작 공연을 목적으로 창립. 1963년 장호의 〈바다가 없는 항구〉를 제1회 창립공연 후 1966년 신동엽의 〈그 입술에 파인 그늘〉 등이 공연되었음.
2) 이수화 시인의 방송 시극은 1971년 KBS 신춘 연속극 당선 이래, 1977년부터 KBS-R를 통해 미당의 시 〈귀촉도〉, CBS-R의 〈나그네(朴木月 詩)〉, TBC-R의 〈신춘시극 설몽雪夢〉, MBC-TV의 名詩의 故鄕(尹東柱, 徐廷柱, 洪允淑 등)을 집필 방송하였던 바, 그 VTR이 시중에 판매되기도 했음.

다》가 공연과 레제 드라마 양면에 걸쳐 명작에 속하는 요인은 극시가 갖춰야 하는 등장인물의 소수 집중성에 있고, 고전극의 삼일치三一致 법칙法則, 즉 한 막의 무대에 때, 장소, 행동이 일치되어야 한다는(희곡 전체가 하나의 중요한 행동 속에 하루 안에 한 건물 또는 한 도시 안에서 전개되어야 한다는) 법칙〔three unities〕을 잘 지키고 있다는 점에 그 특성이 있기 때문이다. 두 말할 것도 없이 이 극시는 이 극시의 생명인 시가 대시인 예이츠의 수법을 흘러넘치고 있다는 점! 심지어 예이츠는 1906년 11월 24일자 『궁시弓矢』(The Arrow)지紙에서 이 극시의 스토리텔링을 밝히는 글의 첫머리를 다음과 같은 걸출한 시문체詩文體를 발휘해 놓고 있을 정도다.

"왜가리가 늙은이들의 수염에 둥지를 틀던 옛날,"
(Once open a time, when horns built their in old men's beards.)

149

위 예문 속 반행반문장半行半文章의 문체(文體, 스타일)는 어딘가 본 듯한 낯익음이 앞선다. 그렇구나! 이 평설글 저 앞서의 T. S. 엘리어트가 셰익스피어 시극《햄릿》1막 1장을 마무리 짓는 호레이쇼의 대사 "이제는 우리들도 망을 파하세." (Break we our watch up.)와 같은 연극 무대전환과 극시적 의미의 변환을 암시하는 극시인의 시적 탁월성을 드러내 보이고 있는 대목인 것이다. "왜가리가 늙은이들의 수염에 둥지를 틀던 옛날"이라고 운문도 산문도 아닌 것 같은 아름다운 문체가 바로 T. S. 엘리어트가 말하는 시극 · 극시의 문체가 아

닌가! 평설자는 생각을 굳히면서,

　　올라갈 때
　　입장료 달래더니
　　내려올 땐
　　합장하네.

　　　　　　　　　　　　　　─〈길道〉 全文

　　권녕하 극시 〈길〉은 물론 길이란 노자송老子頌의 도가도비
상도道可道非常道 그 길의 패러디 극시다. 예시의 길은 복상행
服上行 때의 그 길인 듯하다. 창부娼婦 따위 여자가 잠자리 전
에 화대를 달래는 상황이 예시 도입부 1과 2행의 상징이다.
"올라갈 때"를 복상(배 위로 올라감)으로 파악하는 것은 이 극
시가 연극행위를 전제로 하는 극시이기에, 무대의 연극(배우)
행위는 남자가 여자 배 위로 올라가는 행위보다 극적인 행위
(그 반대도 있을 수 있다)는 없다. 공개적 금기를 꺼리는 연극이
기 때문이다. 전라全裸가 아니면 연극의 금지장면도 아니다.
레제 드라마에서는 더욱 가능한 상상력의 소산(극시 장면)이
다.

　　"내려올 땐/ 합장하네."

　　왜?! 세상엔 악처惡妻가 아니면 모든 복권자腹權者가 갑甲질
하는 바가 상식 아닌가. 사후事後에 감사感謝하는 재회를 기대
하는 을乙의 묵시적 예약 행위다. 이 때문에 이 극시의 패러디

(도道에 대한) 시 자질資質은 성립된다고 보는 것이다.

　다음, 내친 김에 권녕하 에로티시즘 극시, 특히 이 극시집
《살다 살다 힘들면》에서 돋보이는 시 〈나 찾는 거 맞지?〉부터
논의코자 한다.

　　　애는 도통 말을 안 들어
　　　내 하자는 대로 하는 게 당연한데도
　　　도대체 말을 안 들어
　　　몇날 며칠 날 잡아서
　　　다짐해도 다
　　　소용이 없어

　　　누가 주인인지 헷갈려
　　　손 발 다리 허리 머리까지
　　　다 척척 말을 듣는데 도대체 애는
　　　제멋대로야
　　　좌우도 없고 낮도 밤도 없어
　　　그런 애가
　　　종족은 귀신처럼 가려내
　　　그리고 냉정해 참
　　　기가 막혀서

　　　난 그저
　　　애하고 같이 산다는 것밖엔
　　　아는 게 별로 없어

살면 살수록 꼭 남 같다니까

잘 있지?
그래~, 나 찾는 거 맞지?
네 거 보관료保管料나 내놔!

― 〈나 찾는 거 맞지?〉 全文

　　예시는 행수行數의 평균율에 갇히길 거부하는 의식의 흐름 기법(의식적 유동, stream of consciousness) 소산이다. 남성 인간의 에로스는 종족번식, 여성 정복욕 등의 본능적 욕망으로 인해 일쑤 통제 불능에 빠지기 쉽다. 예시 텍스트 안에서 '얘'로 호칭되고 있는 남성 페니스 자체 또는 성욕性慾의 주체와의 갈등상이 레제 드라마의 묘미를 미학적으로 잘 살리고 있는 극시다. 이 시가 극시로서의 자질이 뛰어난 요체는 극시의 기본요소인 시행詩行의 독백체(獨白體, monologue) 언술이다. 특히 W. B. 예이츠는 십대부터 이성적 본능에 시달렸는데 이를 곤(Maud agonne, 1866~1953)이라는 연인을 모델 나이즈한 극적 테크닉에 담아 예술적 승화를 성취한 특성을 띤 인간 본능적 갈등소인 것이다. 권녕하 극시인의 태생적 예술성을 나타내는 암시요소가 다분한 콘텍스트성일 터이다. 이러한 예이츠나 권녕하의 공통분모로서의 시인들 자신의 갈등 성격이 예이츠는 성적性的 본능으로서의 그것을 극복해 예술(극시창작)로 승화시킨 데 비해 권녕하 시인은 그것으로 인한 의식의 극화를 시도한다.

152

나두 하고 싶어
나두 해 줘
나만 못했잖아

기적이 일어난 그 순간
그 공간에서 소외된 외로움
다시 살아났다는 소식을
혼자 몰랐다는 허망함

세상에, 어둠 밤길을 밝혀줄
네비게이션이 없다는 절망감
나만 모르고 나만 없는
그 공간 밖에 홀로 있다는 소외감

이 건, 시샘보다 더 근원적인 그리움
come back이건, alive이건
나두 알고 싶어
나두 같이 할래, 그리고
나 없을 때
나 모르게 하지 마.

— 〈시샘하기〉 金文

예시는 이 극시 주체(主體 ; 주인공)의 소외감이라는 정체성 혼란상을 딕션(diction ; 말씨, 시어詩語), 즉 어법語法에 견주어 말하기도 하는 바, 이 경우 극시의 무운시(無韻詩, blank verse) 창작에 적합한 기법이 아닐까, 권녕하 예시가 그 반증일 수도 있겠다. 예시의 첫 스탠자 3행에 보이는 다이얼로그(dialogue, 대화)의 리드미컬함이 주는 극시적 특성이 빛을 발하고 있는 바는 이 극시가 표상하고 있는 소외의식의 극시화가 매우 적절한 그 대화의 가락과 정서적 시샘하기의 의미상의 상징성에 의해 이루어져 있다 하겠다.

① '여자가 웃으면 그 곳도 웃는다' 는 말은
　소설가이자 수필가였고 수석 전문가였던
　염재만이 한 말이다
　한 시대를 풍미風味했던 그의
　수필집 제목이기도 한데
　사실
　사람이 재채기를 해도,
　해 보니
　막힌 코도 조금 뚫리고
　변비해소에도 도움이 되고, 또
　그곳도 움찔거린다
　사람 한평생 살면서
　웃고 살 수만은 없으니, 지금
　재채기 한 번 해 봐.

② 어느 날
　아내를 좋아하는 남자가 나타났다
　아내도 그 남자가 싫지 않은 모양인지

154

시시콜콜 그 남자 생김새를
설명까지 해 준다
정말 멋있는 남자인가 보다

아내의 마음을 흔들어 놓은 그 남자
그 남자가 아내를 행복하게 해 준다면
아내도 그 남자를 진실로 원한다면
아내를 그 남자에게 양보해야 하나?
아내가 지금보다 더 행복해질 수 있다는데
내가 걸림돌이 돼 버린 건가?

이런! 늘그막에
아내를 위해서
아내의 행복을 위해서
아내를 시집보내야겠다
내 팔자도 참.

예시 ①은 〈재채기 한 번 해 봐〉 전문이고, ②는 〈이런! 늘그
막에〉 전문이다. 둘 다 풍자諷刺 극시이다. 원래 풍자극(諷刺
劇, morality play)은 사회의 어떤 죄악상이나 불미스러운 점을
비꼬아 찌르는 내용의 연극 또는 희곡 개념이다. 그러니까 이
풍자 극시(劇詩, satircal dramatic poetry)로서의 예시 ①은 염재만
의 다분히 풍자적 수필집 제목인 '여자가 웃으면 그 곳도 웃
는다' 를 빌려다 화자의 체험을 증좌로 해서 독자(관객)에게
"지금/ 재채기 한 번 해 봐"라는 풍자적 메시지를 던진다. 쉬

운 말로 풍자극시로서의 새타이어 요소 "여자가 웃으면 그
곳도 웃는다"느니 "또/ 그 곳도 움찔거린다"(10~11행)의 같은
시행이 읽기에서부터 웃음을 자아낼 수 있으니 우선 레제 드
라마로서의 새타이어 극시 자질을 충분히 미학화 하고 있다
하겠다.

또 하나 예시 ②의 경우는 풍자의 대상이 화자(주인공) 자신
으로 되어 있는 데다가 늘그막의 노인인 바, 그 어떤 자격지
심에서 아내를 위해 시집보내야겠다는 이 노인에 대한 독자
(관객)의 비애悲哀스러움 유발은 충분하다. 수용 미학의 감정
이입(感情移入, empathy) 효과인 것이다. 이것이 풍자적, 풍자
극시일 수 있는 것은, 이 극시 화자(주인공)가 그 기막힌(아내
를 시집보내야겠다) 처지에 처했음에도 절대로 징징거리는 어
조가 아닌 그 태연자약한 어투(diction)에 있다. 그 태산 같은
비애의 중압감에도. 이는 권녕하 극시의 미학 창출의 한 극점
을 이룬다 하겠다.

다음은 권녕하 극시의 대화체(dialogue) 극시를 본다.

　　　집에 강도가 들었는데
　　　물건만 훔치고 그냥 갔대
　　　나무아미타불!
　　　사람은 안 다쳤대?
　　　곱게 잘 갔대
　　　할렐루야!
　　　살아남아야 짹소리라도 하지, 그럼
　　　죽으면 다 땡 끝이야

천만다행이지
사랑이 뭐 별 건 줄 알아?
살아있어야 미워도 하지
다시 또 오진 않겠지?

- 〈땡끝〉 全文

  예시는 권녕하 대화체 극시의 특성이 잘 구현된 예이다. 특
히 이 시의 대화체 특성은 등장인물의 다양화다. 얼핏 눈에
띠는 인물이 3행 째 "나무아미타불!"이라 탄식하는 인물이
고, 두 번째는 6행 째의 "할렐루야!"라고 감탄하는 인물이다.
이는 한 인물일 수도 있고(두 개의 종교적 주문을 한 인물이 뇌이
는 경우) 하나하나 다른 종교 신도가 뇌이는 경우는 집에 강도
가 들었다더라고 전언하는 인물까지 합쳐 이 극시의 주 인물
은 모두 3명인 셈이다. 이 극시 중후반에 한 마디씩 자신의 의
견을 드러내는 대사행臺詞行을 각기 다른 인물들로 나누어 보
면 이 극시의 방계 인물은 더 많아진다. 이는 작가와 달리 연
출의 소관(해석)이기도 하다. 어쨌든 이 극시의 시놉시스는 집
에 강도가 든 사람 집의 피해는 '물건만 훔쳐간' 경우인데 사
람은 다치지 않았고, 다시 또 오지는 않을 듯한 상황극이다.
문제는 이게 왜 극시가 되느냐일 터이다. 그 까닭은 다음과
같다. 그 집에 들었던 강도는 다름 아닌 강도가 든 집의 피해
(물건만이라도 가져갔으니) 여성(강도와 부부 사이 또는 연인 사이)
과 사랑했던 남성이라 유추된다. 피해 여성에게 "사랑이 뭐
별 건 줄 알아?"라는 친구 여성의 시행대사詩行臺詞 속에 함유
된 유의로서다. 사랑했던 사이의 남성이 여성 집에 왔다가 강

도로 위장한 그런 사이의 남성이기 때문에 목숨엔 손도 까딱 않고 "그냥 갔대"라는 것인데, 이게 바로 '사랑의 전파자' 스토리텔링이란 것이다. "사랑이 뭐 별 건 줄 알아?"라는 대사 시행臺詞詩行이, 이 때문에 발화되고 있는 것이다. 때문에 이 극시의 메타 텍스트 〈땡 끝〉은 참으로 유효적절한 저스트 매치 타이틀이 아닐 수 없다. '땡' 하고 종鐘 친 후, '끝'이라는 시극적 끝맺음의 복합어 제목이니까.

시극이든 극시든 연극은 연극이니까 연극은 이와 같이 재미있으면(흥미진진) 최고가 아니겠는가. 이제 척박하게나마 이 극시의 피날레로 권녕하 극시 중에 호흡이 긴 편에 속하는 〈회심곡 상추편〉을 음미하는 것으로 이 평설글의 펜을 놓을까 한다.

1.
사람 사는 이 세상에
밥 반찬 한입거리
상추로 태어나서
삼겹살 술 안주로
입맛 돋우는 채소로
한평생 길러져서
이제 한 번 살아보나 했더니
그 긴 여름날 견뎌내지 못하고
시퍼렇게 뜯긴 몸으로 결국
술 밥상에 올려졌네, 에고~
내 평생 소원은

꽃 한 번 피고지고

2.
개똥밭에 굴러도
살아생전이 좋다더니
팔 다리 이파리 뜯길 때마다
분지러지는 아픔 솟구치는 게거품
뽀얗게 흘러나온 진액이
저네들 한 끼 입맛 돋운다고
탐스런 종족들
건강하게 살겠다고
좀스런 부족들
제발 한 번 도와주소, 아야~
내 평생 소원은
꽃 한 번 피고지고

3.
내 몸 갈가리
찢겨나갈 때마다
내 정신 아득하게
돌아버릴 때마다
그저 내 할 수 있는 것이라고는
자비를 베푸소서
다시 태어나
내 한 몸 두루 줄 수 있도록

자비를 베푸소서, 씨발~
내 평생 소원은
꽃 한 번 피고지고

　　　4.
원망한 적 없고
대든 적도 없고
절절이 입맛 돋우려
내 몸 바쳐 정성 드렸으니
다시 살아 몸 바치게
종자라도 남겨주소
한 해 두 해 살아내며
내 믿는 구석이라곤
늘 따뜻한 햇살과
변함없는 흙 내음
씨앗 거둬 챙기는 농심뿐이러니, 조까치~
내 평생 소원은
나두 꽃 한 번 피고지고.

　　　〈후렴〉
먹는 놈 따로 있고
죽는 놈 따로 있네
왕후장상 씨 다를까
세상천지 무상타 해도
먹고 죽을 놈 죽어도 먹네, 에라이~

나두 한 번, 나두 한 번———.

- 〈회심곡 상추편〉 全文

이 다막극시多幕劇詩(매막每幕 후렴 호리즌트가 따름)는 상추(상
치, 와거萵苣, Lettuce)를 의인화한 의인극시擬人劇詩로서 장막長幕
이기는 하지만 상치(상추)의 태어나서 죽음까지의 일인 독백
극에 속한다. 1막은 상추가 술 밥상에 올려져 평생 소원인
"꽃 한 번 피고지고"의 원망사願望詞가 매막 후렴과 연계되고
있는 구조이다. 이는 이 극시가 그 생애에 단 한 번도 인간답
게("꽃 한 번 피고지고"의 삶) 살지 못하는 상추(인간)의 회심곡
으로 되어 있다. 전편(全篇, 全幕)이 다 상징으로 표상되고 있
는 이 극시의 놀라운 상징은 꽃상추과의 일년생 풀이 인간의
먹이(밥 싸서 먹는 풀잎)가 평생 꽃 한 번 피고지고라는 원망사
를 노래할 수 있다는 그 지혜로움에 있다. 일종의 신화神話 창
조인 셈이다.

세계 극시사상 걸출한 극시인 W. B. 예이츠는 아일랜드의
신화를 극시 〈환영의 바다〉와 시극 〈데어드라〉에, 셰익스피
어는 《햄릿》에, 괴테도, 단테도 이 신화나 설화에 그 대작들
의 성취요인을 빚지고 있듯이 권녕하 시인도 이 극시에서 신
화적 포에틱스에서 자유로울 수 없다는 점이 특성일 터이다.
권녕하의 이 극시는 특히 "씨발~", "조까치~", "에라이~"
와 같은 시적 대사 끝에 풍자적 딕션을 구사하고 있다는 점이
다. 이는 현대사회가 가진 권력의 비열성에 도전하는 극시인
(권녕하)의 정신의 길항성拮抗性, 포에지[詩精神]에 다름 아닌
미학 원리일 터이다. 이 말은 T. S. 엘리어트가 말하고 있는

시와 극, 즉 극적, 음악(시)적 질서의 두 가지 면이 동시에 이룩할 수 있는 인간의 행동과 언어의 한 극치라 할 것이다. 이것이 바로 인간이 시로써 할 수 있는 극적 행동(연기)인 바, 이것이 일상적 인간 생활의 무질서에 확실한 질서를 안겨주는 기능이다. 동시에 그 질서 바로잡기 행위는 청랑晴朗, 평정平靜, 조화調和로운 상태에 우리를 이끌어 자유롭게 하는 것이 이 극시(시극도 함께)의 예술적 기능이라고 엘리어트는 못 박고 있는 것이다.

이 극시 텍스트 《살다 살다 힘들면》에는 이상에서 거론한 탁월성의 극시 외에도 다수의 감정과 사상의 무질서 상태에서 일시적이나마 감정과 사상의 무한 세계에 들어 있을 수 있는 의식과 감동의 시간을 제공하는 극시군劇詩群이 존재하고 있다. 그럼에도 더 행복한 글쓰기의 기회를 여기서 그치고 다른 글쓰기 대상(권녕하 다른 장르 텍스트 연구)으로 다소 지쳐가는 이카서니의 힘을 옮겨보려 한다.

권녕하 劇詩集

살다 살다 힘들면

•

지은이 / 권녕하
발행인 / 김영란
발행처 / 한누리미디어
디자인 / 지선숙

•

08303, 서울시 구로구 구로중앙로18길 40, 2층(구로동)
전화 / (02)379-4514, 379-4519
Fax / (02)379-4516
E-mail/hannury2003@hanmail.net

•

신고번호 / 제 25100-2016-000025호
신고연월일 / 2016. 4. 11
등록일 / 1993. 11. 4

•

초판발행일 / 2017년 5월 1일

•

ⓒ 2017 권녕하 Printed in KOREA

•

값 10,000원

•

※잘못된 책은 바꿔드립니다.
※저자와의 협약으로 인지는 생략합니다.

•

ISBN 978-89-7969-741-4 03810